아침이 오는 이유

김 중
서울대학교 인문대학 졸업
스페인 마드리드 국립대학교 문학박사
서울대학교 BK 교수
캐나다 브리티시 콜롬비아대학 초빙교수
현 멕시코 남 캘리포니아 대학 교수

주요저서
「호르헤 이바르구엔고이티아의 "죽은 여인들"에 나타난 사회비평」,
「멕시코 문화와 사회」,
「호세아구스틴 작품비평 제론」,
「라틴아메리카 문예사」,
「라틴아메리카 문학과 사회」외 다수

아침이 오는 이유

초판 1쇄 인쇄 : 2005년 5월 10일
초판 1쇄 발행 : 2005년 5월 15일

지은이 | 김 중
펴낸이 | 김정옥
디자인 | 윤용주
펴낸곳 | 도서출판 우리책

등록 | 2002년 10월 7일(제 2-36119호)
주소 | 서울특별시 중구 신당 3동 373-20
전화 | (02)2236-5982
팩스 | (02)2232-5982

저작권 | 김 중
ISBN 89-90392-12-8 00890

값 / 5000원

아침이 오는 이유

김중

우리책

김 중 시집 ──────────

세상에서 유일한 그녀에게

첫 사랑

불빛보다 더 환한
꽃망울보다 더 고운
샘물보다 더 맑은
그런 여인을 보았습니다

별빛아래 빛나는 손결
햇살처럼 따스한 숨결
향내음 가득한 부드러운 살결
그런 여인을 만났습니다

바닥에서 솟구치는
소리 없는 뜨거운 감정이

먼 세상에서
어둠 밀려오듯 밀려오는
그런 사랑을 느꼈습니다

차마 그 다음은 적을 수가 없습니다

끝없는 사랑

귓가에 타오르는
당신의 숨결

달은 일부러
나무 뒤로 멈춰섭니다

차가운 달밤의 뜨거운 열기는
달콤한 향기가 되고

천상에 반짝이는 작은 고백들과
지상에 천사들의 나지막한 속삭임들은

내일 없는 오늘이
영원하길 기원합니다

죽음보다 소중한 당신은
부드러운 어둠에 쌓여

이성이 묻지 않은 하얀 몸으로
끝없는 사랑 이야기를
어둠 내내 고백합니다

하얀 아침

유난히 하얀 겨울입니다

목숨을 버리고 싶을 정도의
그리움이 눈으로 눈으로
내렸기 때문입니다

이렇게 하얀 아침은 분명
갈등과 고통
그리고 너저분한 이성에 대한
소리 없는 절규입니다

내가 눈을 뜨고
처음으로 당신을
마지막으로 세상을 기억하는
그런 아침입니다

이젠 당신이 보내준
따스한 하얀 이불을 덥고
싸늘해져가는 육체를 느끼며

그토록 원하던
끝없는 당신의 품에 편안하게 기대어
도둑맞은 인생을 불러봅니다

당신을 보내고

숲속의 벤치가 조용히
그 추억을 기다리듯

소리 없는 말들로 가득찬
가을저녁 입니다

연못에 드리운 별을 따러 다가선
어린아이처럼

동산에 올라
별을 따러 나선 당신을 기다립니다

강물에 구름 담아
떠나 보내듯

지칠줄 모르는 시간 속에
당신을 떠나보내고

육중한 침묵 속에서
당신을 끝없이 바라볼 수 있는
그 시간을 기다립니다

먼길

뒤늦게 펼쳐진 인생 뒤로
도적처럼 찾아온
싸늘한 그림자를 따라 나섭니다

이성적인 기억들은
무모한 시간 속에서 떠돌고

감성적인 기억들은
달콤한 향기로 새롭게 피어나
내 안에 가득합니다

이제
당신과의 시간들
그리고
집요했던 햇살들 뒤에서

조각난 이성과
수줍은 감성을 주어 담으며
돌아올 수 없는
먼 길을 따라 나섭니다

하지만
난 당신을
세상 뒤에서도
결코 잊을 수가 없습니다

또 다른 나

짧은 사랑대신
긴 슬픔 움켜쥐고

안개 자욱한 이성 속으로
멀어진 당신

이제 당신은
내 뒤
당신 뒤
그리고 세상 뒤에서

누구도 알 수 없는
사랑 아닌 사랑을 찾습니다

난 오늘
들장미의 향기 속에서
마치 죽음 너머의 세상에서처럼

당신이 기억 못하는 기억들과
가사 없는 사랑가를 부르며

당신이 남기고 간
또 다른
나를 찾습니다

영원한 밤

인생은 이별을 나르는
긴 열차입니다

사람들은
열차가 머물 때마다 별이 되고
향기가 되어

그리운 사람에게
다가갑니다

어둠에 감싸 였던
당신의 하얀 몸은
그 순간
그토록 순결하였기에

어둠은 오늘도
그날 밤 그 모습 그대로

달빛 향기를 깔고
하얀 당신을 찾아 다가옵니다

위태로운 세상

빛이 달려들자
세상이 휘청거리고

어둠이 스며들자
그녀가 사라졌다

아침이 오는 이유

언덕 위에
석양의 햇살이 놓일 때
부르지도 않은 추억이 달려와
세상을 기울게 합니다

어둠이 더 할수록
파고드는 추억의 화살에
매일 밤 죽어가 행복하지만

아직도 하지 못한 말 한마디 때문에
아침이 바알갛게 찾아옵니다

한 줄기 바람에
빛 방울 하나에
끊이지 않는 눈물
끊이지 않는 고통

죽음보다 고달픈 삶이지만
세상을 버리지 못하고

당신에게 하지 못한
말 한마디 때문에

이렇게 멍이든 숨을 몰아쉬며
서글픈 아침을 맞이합니다

화려한 웃음

황폐된 요새가
화려한 과거를 보여주듯

당신의 화려한 웃음은
서글픈 과거를 들려줍니다

당신이 저버린 언약들은
저 만치에서 머뭇거리는 아쉬움들과
생기 없는 가느다란 한숨을 쓸어안고

영원한 사랑의 숨결을 찾아
화려한 햇살 뒤로 사라집니다

꽃향기와
부드러운 달빛의 보호를 받으며
황홀한 입맞춤을 규칙으로 하는 이곳에서

당신에게 보내는
말없는 목소리
달콤한 시선
신중한 미소는

분명
당신에 대한
또 다른 사랑입니다

기억의 꽃

조용히 떠다니는 멜로디가
주인 없이 잊혀져 가는 기억들에게
생명을 불어넣고

푸른 사랑의 파도가
버드나무 가지 끝자락으로 내려와
달콤한 사랑을 속삭이고

한 줄기의 강렬한 빛처럼
파고드는 끝없는 고백은
대립되는 모든 세계를 하나로 묶고

서로의 상처가
향기로운 기억의 꽃으로 피어나는
장미처럼 붉은 세상입니다

기억 안에서
기억 밖에서
사랑 행복 영원만이 출렁이는 설레임 속에서

시들지 않는
행복한 기억의 꽃을 피우는
당신처럼 달콤하고
장미처럼 붉은 세상입니다

비판의 소리

하얀 파도를 타고
밀려오는 열정의 소리

나비와 꽃들이 하나가 되어
새로운 향기를 피우는 세상

모두가 기다렸던
은밀한 왕국이
다가오는 소리입니다

어둠이 낯설지 않고
죽음이 생명을 대신하며

영원한 감성이
세상을 새롭게
출렁이는 소리입니다

무지개 궁전에서
달빛향기 드리우며
어둠을 노래하는

태초의 시간
황홀한 시간

끝없는 시간이
밀려오는 소리입니다

너무 늦은 내일

나무가 꽃을 버릴 때 열매를 얻듯
당신이 떠난 뒤에
사랑을 알았습니다

언제
어디서
어떻게 다가왔는지는 모르겠지만
어느새 내 영혼 깊숙이 자리한 당신을

바람이 머물고
향기가 가득한
이곳에 와서야 느꼈습니다

새로움도
어떤 아름다움도
위로가 되지 않는 지금

부를 수도
볼 수도 없는 당신이지만
당신과의 거리감은 사랑으로 가득합니다

숨어있어서 아름다웠던 당신
이제는 당신 안에서
영원한 어둠을 맞이하고 싶습니다

이제는 더 이상 감출 수가 없기 때문입니다

숙명

파란 하늘에서는
하얀 구름을

어두운 하늘에서는
빛나는 별들을

사람들이 머무는 곳에서는
당신을 찾습니다

당신을 찾는 동안
강렬한 현실이 저 산너머
산기슭에서 어둠을 손짓할 때

버얼써 우리는
그림자가 되어
끝이 없는 길을 나란히 걷고 있습니다

그날 오후

바람이
갈대를 흔들 듯

당신의 미소는
나를 흔들었고

햇빛이 해바라기를 마비시키듯
당신의 눈빛은
나를 마비시켰습니다

그리고
어둠이 태양을 삼켜버리듯

당신의 고운 입술은
내 심장을 삼켜버렸습니다

그날 이후
난 아무것도 기억할 수가 없습니다

돌아오지 않는 영혼

석양에 추억이 가득하여
슬픈 저녁입니다

어제는 눈
오늘은 마음으로
하나 뿐인 당신에게 안겨봅니다

세상에서 유일한 당신은
나를 죽게 하고
나를 살게 하는
악마 같고 천사 같은 존재입니다

이제 마냥
그리워하며
기다리지만은 않을 것입니다

어둠이 오면
당신이 그랬던 것처럼

시간도
이름도
단어도
어둠 속에 모두 묻어버리고

사랑하는 달빛에 입을 맞추며
내 가슴 위에서 숨쉬고 있는
당신을 따라 나서겠습니다

이제 더 이상은 참을 수가 없습니다

내가 사랑하는 소녀는

눈이 오면
눈에 묻힌 순결을

바람이 불면
바람에 날리는 자유를

햇살이 내리면
햇살에 익은 사랑을

비가 오면
비에 젖은 추억을

밤이 밀려오면
소녀처럼 아름다운 슬픔을 가져다주는

그런 소녀를
나는 사랑합니다

어느 성직자의 사랑

태양이 타오르듯
가슴이 타오릅니다

메마른 가슴속으로
당신이 뛰어들었기 때문입니다

이제 하느님께 바라는건
내가 무신론자이기를
기원합니다

당신을 알고 부터
사랑은 죽음의
동반자임을 깨달았기 때문입니다

사랑스런 이별

나를 보고 싶을 때에는
당신을 바라보았습니다

당신이 떠난 뒤
이제 당신이 보고 싶어
파도 끝에 서있습니다

수평선 저 멀리
무너진 가슴속으로
스며드는 당신의 하얀 손짓들

잡아먹히듯 안겨보지만
속박을 모르는 당신이기에
어느새 저만치에서
이별의 손짓으로 사랑을 말합니다

하지만 당신을
미워할 수 없습니다

그 순간
나는
떠나 보낼 수 있을 만큼

당신을
사랑했기 때문입니다

플라톤의 동굴

둥지를 찾아
어둠을 저어 대는 갈매기처럼

세월이 두텁게 내리 앉은
산기슭을 찾아
방황하고 있습니다

달도
별도
묻혀 있는 그곳엔

나의 소망
나의 사랑

당신과의 오래된 진실이
묻혀 있기 때문입니다

당신을 기억하는 한

어제는
아무도 나를 기억 못하는
길을 걸었습니다

뉴욕에서
파리에서

오늘은
누군가 나를 기억하는
길을 걸었습니다

강가에서
들녘에서

이제는
어디에서든 행복하게
살아갈 수 있습니다

언덕의 꽃향기를 찾아
날아드는 나비처럼

당신을 기억할 수 있는
그 날의 어둠이 밀려오는 한

끝없는 유혹

뒷모습조차 남기지 않고 떠난
당신이 보고 싶어지면
깊은 슬픔이 담겨있는
바다를 찾습니다

파도의 하얀 손짓은
당신의 하얀 손처럼
나를 출렁이게 하고

파도의 하얀 몸짓은
당신의 하얀 몸처럼
어둠을 출렁이게 하기 때문입니다

당신에 대한 그리움으로
출렁이는 어둠을 타고

당신이 그랬던 것처럼
자유인이 되고자
하얀 달빛을 따라 나섭니다

당신 때문에 살았고
이미 당신 것이기에

사랑하고 싶다고 사랑하고
미워한다고 미워할 수 있는
그 세상에 닿을 때까지

영원한 사랑을 고집하는
거칠은 파도에 안겨

끝없는 유혹의 세상
영원한 어둠의 세상
당신의 새로운 세상을 찾아 나섭니다

사랑은

사
랑
은

화
산

그
리
고

성
난
파
도
처
럼

그저 바라만 보는 것

창이 작은 방을

숨을 쉰다는 것만으로
살아 있는 것은 아닙니다

붉었던 인생이 어느덧
회색 빛을 발하며
고요함에 익숙해가고 있습니다

어둠이 짙어지면 짙어질수록
당신의 모습은 선명해지고

창이 작아 사랑이 새지 않는
작은방이 그리워집니다

사랑은 몰라도
창너머 어둠이 서성거리면
서로를 그리워하는

영원한 설레임이 살아있는
창이 작은방을

메스티사

잘구어진 대리석 밑으로
어두운 밤이 가득 고인
작은 호수들

천진난만하며
달콤한 향기로 범벅된
불꽃덩이

세상을 금방이라도
녹일 것만 같은
작은 꽃망울들

나에게 천국을 가져다주는
아니
존재의 의미를 무너뜨리는
기적의 은신처

수세기전
인디언들과 현대인들이
뿌려놓은 마술들입니다

나는 밤마다
그 오랜 마술에 걸려
어둠 아닌 죽음 속에서
진정한 나를 찾습니다

달콤한 고백

이유도 목적도 없는
호기심으로 가득찬
조용한 가을저녁입니다

긴 호흡에
출렁이는 가슴의 기억처럼
난 당신의 달콤한 고백을
잊지 못합니다

당신이 건네준
내 생애의 마지막 미소는

달빛 뒤에서
그리움과 아쉬움으로
사라질 줄 모릅니다

겨울바람이 절규하며
흩어진 기억을 싣고
온 세상을 떠돌아다니듯

당신의 달콤한 고백은
잠자는 어두운 세상을 깨워
하얗게 출렁이게 하고

심연의 골짜기 뒤에서
거칠은 바다를 붉게 물들이며
수줍은 아침으로 다시 피어납니다

복잡한 당신

푸른 구름
하얀 하늘

투명한 장미
화사한 바람

차가운 마음
뜨거운 입술

그런 당신은

내 뒤에서
당신 뒤에서

늘 서성입니다

서글픈 만남

수 천년전
우리는 서로에게
너무나 애절한 만남이었기에

다음에는
간절한 만남으로
만나자고 다짐하였습니다

그러나 우리는
너무나 서글픈 만남으로
다시 만났습니다

우리는
그곳이 아닌
이곳에서

햇살처럼 환하고
시간이 멈추는 어둠을 기다리며
살아가고 있기 때문입니다

두 형제의 차이

같은 시간
같은 공간에서
다른 생각
다른 느낌에 갇혀 살았던 근대

다른 생각
다른 느낌으로
같은 시간
같은 공간에 갇혀 사는 현대

당신 생각에

그때처럼
석양이 들여다보는
그 카페 창가에 앉아

작은 수저로 커피를 저으며
당신을 생각합니다

얼어붙은 겨울 밑으로
스며드는 훈훈한 봄처럼

빈 가슴에 차오르는
당신에 대한 그리움

스므 가을이 지난 오늘
그 가을을 떠올리며

그 카페
그 의자에 기대어

작은 수저로 커피를 저으며
오지 않는 당신을 생각합니다

서글픈 아름다운 기억

사랑해도
사랑한다는 말을 못하는 서글픈 밤

어둠 끝에서 슬픔을 피해
아름다운 기억을 애써 불러보지만

누군가를 기다리는
눈길 끝으로

얼어붙었던 서글픈 아름다운 기억이
흐르고 있습니다

여름 향기처럼
조각난 사랑들

가을 낙엽처럼
색바랜 언약들

바람이 불고
낙엽이 지는 이유가 소중하지 않은 오늘

아름다운 파문을 일으켰던
그 날의 서글픈 아름다운 시간이

눈길 끝에서
세상 뒤에서
나뭇가지 사이에서

비탄의 소리로 울부짖으며
겨울바람으로 다시 피어나 불러보지만

두 손을 가슴에 얹고
조용히 눈을 감으며

소리 없는 고통과
흐르지 않는 눈물로 쓸어안습니다

행복한 밤

오늘은
당신이 그리운 만큼
그리움이 비로 내렸습니다

온 세상이 이렇게
흠뻑 젖을 때면
당신은 저절로
내 안에서 피어오릅니다

당신의
촉촉한 입술은

햇살이 몰고 온
혼돈의 시간
새파란 이성
늙은 도덕을 잠재우고

어린 희망이 생명을 얻는 것처럼
희미해진 사랑의 불꽃은

심연에서
어둠을 삼키며
환한 빛으로 다가옵니다

그렇게 하얀
당신이 있기에
살아있어서 너무나 행복한 밤입니다

하얀 향기

시작이 긴 만큼
끝이 없는 사랑은
이미 각오한 일입니다

태양이 낡아 달이 되고
오월의 햇살이 다신 오지 않는다 해도

나는 여기서
당신은 거기서
그 날의 영원한 어둠을 기억하며
어둠을 맞이합니다

젊음이 가고
고독한 시간이 찾아와도

돌아올 수 없는
자식을 기다리는 서글픈 심정으로
당신을 기다리며

밤마다
그날 밤의 향기를 타고
당신 곁으로 다가 갑니다

거대한 숨결

멈출지 모르는 아픔이 다가오듯
끝없는 길을 따라
사랑이 다가옵니다

고통의 노래
기쁨의 노래

눈물의 노래
웃음의 노래를 타고
사랑이 날아옵니다

당신이 세상에
나타났다 사라진 것처럼

인간의 가슴으로는 감당할 수 없는
거대한 파도 같은 숨결이
되돌아 갈 수 없는 길을 따라
사랑이 밀려옵니다

그림자

당신이 아닌
누군가가 다가옵니다

당신을 기다리는 동안
기다리지 않았던
알 수 없는 차가운 그림자가

당신이 환하게 웃으며
꽃길 따라 무지개 언덕을 넘어설 때
찾아왔던 알 수 없는 차가운 그 그림자가

더 이상 찾을 수 없는 당신을 찾아 헤매는
내 모습이 안스러워

당신 아닌
어둡고 차가운 그림자가
당신의 모습으로 싸늘하게
나를 안아줍니다

친구

하얀 구름
노란 나비

빨간 장미
까만 친구

이상형

나는 바보를 좋아합니다

내가 하늘을 날 수 있다고 말해주는
그런 바보를

현실 뒤에 다른 세상이 있다고 믿고있는
그런 바보를

어둠은 끝이 아니라 시작이라 생각하는
그런 바보를

지상에 남은 마지막 재산은 꽃과 아이스크림이라고 말하는
그런 바보를

붉은 석양 속으로 한 쌍의 새가 날아 들어가면 눈물을 흘리는
그런 바보를

떨리는 고운 입술 건네주며 사랑이 뭐냐고 물어보는
그런 바보를

그리고 사랑은 죽음이라고 따라하는
그런 바보를

사랑놀이

다가서면 멀어지고
멀어지면 다가서는
사랑스런 사랑놀이
누런황금 마다하고
삶과죽음 거듭하는
위험스런 사랑놀이
청춘가고 구름가니
사랑가고 희망가는
세월속의 사랑놀이
하얀밤을 지세웠던
달빛별빛 기억들은
새가되고 시가되네

내 안의 별

밤하늘의 별처럼
세상에는
벗어날 수도
부정할 수도 없는 것들이 있습니다

산등성을 타고 기어오르는
태양처럼

어둠이 찾아올 때 엄습하는
그림자처럼

때로는
가을 낙엽이 몰고 오는
그리움처럼
당신에 대한
나의 사랑도
벗어날 수도
부정할 수도 없습니다

기쁨 뒤에서 슬픔을 보듯
나에게서 당신을 발견하기 때문입니다

사랑

너
그
리
고
나

사
이
에
서

존
재
하
는

여
린
장
미

살아 있는 한

이젠 사랑한다고
말하겠습니다

당신이
곁에 없어
힘들어서가 아닙니다

사랑이 존재하는 곳은
언제나 감미롭듯

당신과의 기억이 함께 하는 한
그곳이 세상 어느 곳이든
신성한 안식처이기 때문입니다

당신이 그를 사랑하는 만큼
난 당신을 사랑합니다

더 이상의 방황도
더 이상의 슬픔도
더 이상의 이상을 벗어버리고

바다 위에 길게 누운 햇살처럼
소리 없이 당신 곁에 있겠습니다

이젠 사랑한다고
말하겠습니다

그저 살아있기 때문입니다

언제나 그곳

작은 봉우리이지만
희망의 향기로 가득한 꽃망울

절망의 햇살을 어루만져주는
포근한 바람

간직하기엔 너무나 애절한 기억이기에
황홀한 빛으로 말하는 수많은 별들

이 모든 생명들은
말로 표현할 수 없는
당신의 숨결들입니다

하지만 당신의 숨결 뒤에는
앞을 볼 수 없는 햇살에 갇혀
욕망으로 고독으로 가득합니다

잔인한 햇살이 걷히고
당신의 고운 숨결이 다가올 때에는
이미 죽음이 입맞춤을 시도했을 것입니다

지금이라도
당신의 고운 입술을 따라
그곳으로 가고 싶습니다

난 오늘도 태평양 기슭에 앉아
부드러운 달빛이 가득하고
감미로운 설레임이 끊이질 않는
그곳을 생각하며

그곳에 걸린
구름조각을 향해
하염없는 구원의 손짓을 저어봅니다

까만 눈망울

새봄 따라 찾아온
뒷동산의 꽃, 나비, 바람, 구름은
오늘도 여전하건만

황금빛 우리 사랑
어디로
어디로
가버렸을까

멀어지면 아픔이요
다가서면 기쁨이거늘

경악으로 가득찬 그대의
까만 눈망울
오늘도 내 맘에 여전하건만

이제는
새봄이 아닌
기억의 무덤에서 헤아려봅니다

기도

두 세계가 흩어지고 다시 모여
시냇물과 백합같은
맑고 환한 웃음이
우리 마음속에 가득하소서

두 세계가 흩어지고 다시 모여
당신과 나를 닮은
눈짓과 몸짓이
작은 방안에 가득하소서

두 세계가 흩어지고 다시 모여
사랑과 죽음처럼
지칠 줄 모르는 푸르름이
인생의 벌판에 가득하소서

침묵의 이름으로
기억의 이름으로
어둠의 이름으로

그리고
유일한 당신의 이름으로
기도 드립니다

당신은 어디에

죽음의 문턱을 넘나드는
슬픈 밤

포기하라 길래
그래야 살 수 있다 길래 포기했는데

빽빽한 어둠을 뚫고
고통으로 빚어진
가느다란 빛줄기 타고
당신이 떠오릅니다

때로는 소나기처럼
때로는 그림자처럼

남몰래 친숙해진 당신에 대한 그리움
상처 쌓이듯 쌓여가고

아무리 채찍질해도 다가오지 않는
언약의 시간들

기다리다 멈춰버린 시간 속에서
햇살이 안겨다준
깊은 상처를 쓸어안고

희망이 출렁이는 어둠을 찾아
항해를 멈추지 않습니다

길

나는
길이 되고 싶습니다

태양을 잡으려고 바다로 뛰어든
그리스 신의

영원한 사랑을 쫓아 육체에 파고든
가엾은 영혼의

가버린 님 찾아
벼랑에서 흐느끼는 바람의

몰려오는 세월 바람에
오갈 때 없는 기억의

욕망으로 가득찬 햇살로 단절된
수줍은 어둠의

길이 되고 싶습니다

어느 지도자의 방

너절너절한 지식관
알록달록한 도덕관
위태위태한 역사관
X X X X X 인간관

달콤한 병

나는 달콤한 병에 걸렸습니다

나뭇잎의 가벼운 손짓에도
꽃망울을 뛰쳐나온 달콤한 향기에도

자유의 날개를 펄럭이며
해방된 영혼이 울려퍼지는
바다로 달려갑니다

당신은
그 해 겨울
죽음이 스며들지 않는
끝없는 자유와 사랑을 찾아
파도 저 만치에서
빛나고 있었습니다

지금
당신의 그런 모습은
만질 수도 볼 수도 없지만

당신이
여기
저기
어디에 있든 상관없습니다

당신의
불타는 숨결
열정의 오열이
이렇게 붉게 내 안에 피어있는 한

좋아하니까

당신은 구름을 좋아하니까
나는 바람이 되어

당신이 바라는대로
언제까지 흘러가고 싶습니다

당신은 나비를 좋아하니까
나는 보라 꽃이 되어

푸른 동산에서
당신을 기다리겠습니다

당신은 투명한 사랑을 좋아하니까
나는 깊은 숲속 샘물이 되어

하얀 구름
노란 나비
품에 안고

당신 위해
언제까지 살아가고 싶습니다

어둠 뒤로

어둠이 창 밖에서
들여다보고 있습니다.

이렇게 어둠이 시작 될 때면
굵은 빗방울 하나, 둘이
밀려올 소나기를 알려주듯

어둠 뒤에 밀려올
당신에 대한
그리움을 알려줍니다

내가 당신을 미워하는 것은
자그마한 등불에 불과하고

내가 당신을 사랑하는 것은
거대한 어둠입니다

세상의 빛이 어둠으로 다가올 때까지
나는 그리움을 안고

그 벤치
그 자리에서
당신을 기다릴 것입니다

부활

세상을 사랑하기에
햇살을 쫓아 떠난 당신

타오르는 빠알간 덩굴장미에
마르지 않는 이슬이 맺는 것처럼

성스러웠던 그대가
꿈이 없는 싸늘한 그림자로 다가왔을 때

세상의 모든 열정은 사라지고
세상의 모든 생명체는 머리 숙여 흐느끼고

나는 마지막 남은 눈물, 희망을
하늘로 땅으로 날려보냈습니다

하지만 내 마음속에 남기고간
당신의
눈빛
향기는
아직도 나의 전부입니다

외로움 기다림 그리움...
고통으로 가득한 세상이지만

깊숙이 살아 숨쉬는
빠알간 당신이 있기에

설레는 마음으로
하루를 다시 시작합니다

세상의 입술

순결한 하늘
순결한 마음

불결한 세상
불결한 입술

대답없는 당신

먼바다를 바라보며
태양처럼 떠오르는
당신을 생각하면
저절로 살고 싶어집니다

평생동안
눈물을 먹고 자란
가슴속의 여린 장미가
이젠
가시가 돋쳤습니다

곁에 없는
당신이 그리워
피를 토하고
일그러진 향기를 날리며

대답 없는 당신을 부르고
오지 않는 당신을 기다립니다

하얗고
부드럽고
붉은
당신을

깊은 가을

새들이 둥지를 떠난
깊은 가을은

목숨을 버리고 싶을 정도의
그리움으로
그리움으로
칠해져 있습니다

그날 밤
어둠 뒤에서
내 영혼을 삼켜버린
당신을 찾아 나섭니다

바람과
향기를 따라
어둠의 숲을 헤치며

여명이 훼방 놓을 때까지
나는 당신에게 다가갑니다

당신과 하나가 된 세계는
끊임없는 고통 위에서

시들지 않는 장미와
멈추지 않는 심장을
피우게 하기 때문입니다

당신 안에서

난 당신이
가장 좋아하는 것을 알고 있습니다

하지만 그렇게
할 수가 없습니다

당신이
내 마음을 헤아리지 못하고
발걸음을 재촉한다해도

아픔으로 얼룩진 시간들을
어둠 속 깊은 곳에 메어놓고
당신이 내 마음을 읽을 때까지

햇빛과 달빛이 함께 비추는
보라빛 언덕 너머에서
난 당신을 기다리겠습니다

당신은
언제나 내 삶을 새롭게하고
어느새 울적한 마음을 즐겁게하며
벌써 행복을 가져다줍니다

당신과의 추억이 없는 한
난 그렇게 할 수가 없습니다

당신 곁으로

살고 싶지 않아도
살고 있는 내가 밉듯

같이 있고 싶어도
같이 할 수 없는
당신이 밉습니다

가득하지만
비어있는 이곳

볼 수도
만질 수도
입맞춤도 아무렇지 않는 이곳은
더 이상 싫습니다

아침이 올때마다
당신이 옆에 있어
슬픔이 내리지 않는
그곳으로 데려가 주세요

달빛처럼 부드럽고
별빛처럼 아름답고

항상 환희로 가득차있는
당신곁으로 데려가 주세요

이제는 이곳을 떠나
당신 곁으로 가겠습니다

잊혀진 섬

철없이
입맞춤 시도하는
따사로운 햇빛속

속살이 수줍은 듯
풀줄기에 걸터앉은
빠알간 열매가

맑고 깊은
인생을 부르짖으며

잊혀진 섬
그리운 섬
영원한 섬을 기다립니다

자유인

난 더 이상
자유인이고 싶지 않습니다

서로의 향기로
사랑을 나누는 오월처럼

투명한 사랑을 고집하는
깊은 산 고요한 호수처럼

영원한 사랑을 고집하는
거칠은 파도처럼

같은 손길
같은 향기로
끝없이 다가오는

당신이 곁에 있는 한
난 더 이상

자유인이고 싶지 않습니다

세월이 가면

친구도
사랑도
희망도

외로운
싸늘한
어둠만

고백

감미로운 파문을 일으키며
파고드는 당신의 미소는

나를 잘게 분해하여
황홀한 무기력에 빠뜨리고
들녘을 서성이게 합니다

누구나 함정에 빠져 살아가지만
나는 당신의 미소가 펼쳐놓은 마술에 걸려
빠져 나올 수 없는 향기 속에
갇혀 있습니다

이성이 아닌
마음으로 표현을 해야 벗어 날 수 있기에
고백이 얼마나 바보짓인줄 알지만

당신 마음이 외출한 사이
빈 가슴을 향해 설레임을 외쳐봅니다

분명
나의 설레임은
당신에 대한 고백입니다

아침이 오기전에

당신과의 거리감을
아쉬워하기라도 하듯
밤새 비가 내렸습니다

어둡고 신비로운 텍스트에서
먹이를 찾는 부엉이처럼

어두운 기억 속에서
끝없는 몸부림으로 당신을 찾습니다

세상의 힘겨운 짐을 덜 수 있는
낯설지 않은 어둠이 몰려오면

이성적이고 논리적인 정원에서
부를 수 없었던 당신의 이름을 부르며

당신안에서
당신의 향기에 젖어
세상을 다 얻을 것입니다

아침이 오기 전에
감미롭고 부드러운 어둠 속으로
돌아가기 위해 당신을 찾습니다

어둠이 거치면 부엉이가 잠을 자듯
아침이 오기전에
나도 어둠을 따라 떠나야 하니까요

소녀가 기다리는 밤

늦은 가을
늦은 밤입니다

가을밤이 깊어지면 깊어질수록
슬피우는 귀뚜라미

귀뚜라미 노래 소리 만큼이나
소녀가 기다리는 밤은
슬픔으로 젖어 있습니다

소복소복 쌓인 어둠은
정복할 수 없는 시간만큼
커다랗게 서 있고

추억의 낙엽도 바람에 이저리 몰려다니며
떠나버린 주인을 찾아
어디론가 떠날 차비를 하고 있는
생애의 마지막 밤입니다

어둠이 있어 별이 아름답게 반짝이듯
사랑 때문에 존재했던 소녀는

돌아올 수 없는
먼길을 떠나야 합니다

소녀에게 사랑은
단 한번이기에

소녀가 기다리는 밤은
꿈결같은 슬픔으로 가득합니다

소중한 기억

봄은 꽃으로
사랑을 말하고

가을은 낙엽으로
이별을 말합니다

내가 당신께 드리는
당신에 대한 추억은

순교만큼이나
소중한 것들입니다

오랜 기간동안
이성에 갖혀

소리 없이 울부짖으며
녹아 내리던 영혼을
이제 저 깊은 어둠에 떠내려보냅니다

분명
내가 당신께 드리는
당신에 대한 추억은

저무는 세상과도 바꿀 수 없는
너무나 소중한 것들입니다

우리의 젊은 시간들

구름에 떠밀리는
기억을 바라보며

두 눈으로 세상을 가리고
당신을 떠올려 봅니다

사랑의 가파른 언덕을 서서히 오르는
우리의 젊은 시간들

당신은 이성에 묶여
움직이지 못하고

난 당신에게 묶여
보질 못했던 시간들

구름이 흐르듯
어느덧 마음이 흘러
다시 당신 앞에 멈췄습니다

싸늘해진 가슴에
따스한 추억의 입김을 불어넣어 보지만
텅 빈소리만 들려옵니다

하지만 나는 기억합니다
당신이 기억하지 못하는 많은 것들을

소나기

소나기의 뒷모습은
잡아도 머물지 않는
당신의 모습입니다

예고 없이 다가와
메마른 언덕을 적셔주고

표현조차 어려운
황홀한 바람으로
언덕을 삶으로 가득하게 합니다

지난 여름
당신이 몰고 온 소나기에
젖은 내 가슴에는

만질 수도
보이지도
표현할 수도 없는

향기로운 사랑의 꽃으로
만발 하였습니다

이제 남은 것은
소나기가 그랬던 것처럼

이 세상에서 가장 먼 곳으로
당신을 데려가는 일입니다

차마 서러워

다가 가지도
매달 리지도
멀리 가지도
밀어 내지도

죽음 조차도
동동 거리네